AF341713

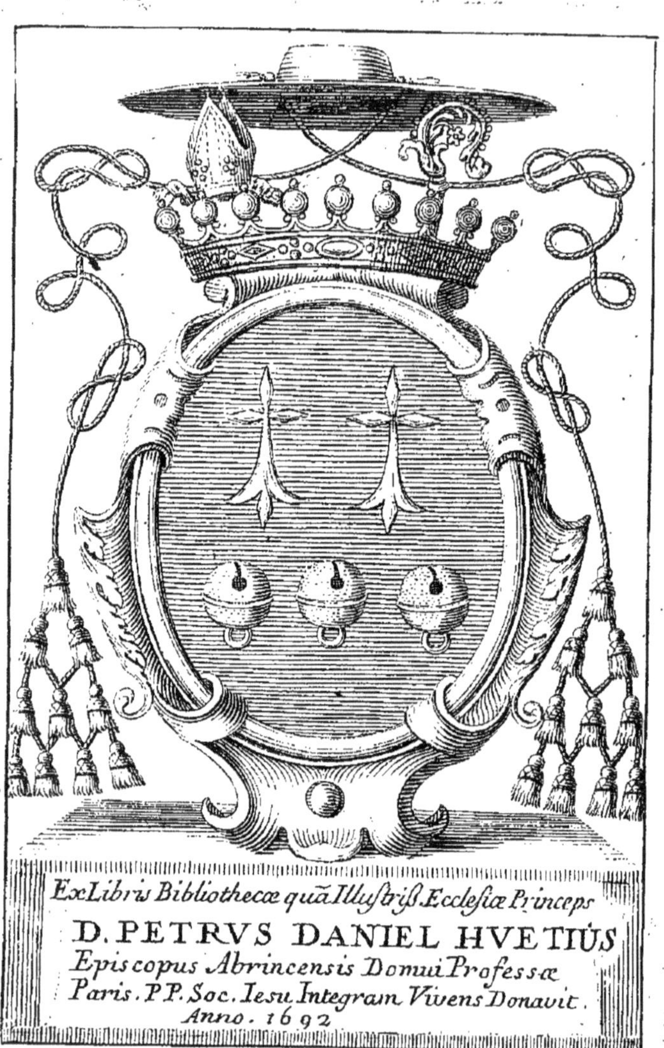

XVII. C

POESIES

A
LA LOUANGE
DU ROY.

A PARIS,

Chez PIERRE LE PETIT, Imprimeur & Libraire ordinaire
du Roy, ruë S. Jacques, à la Croix d'Or.

M. DC. LXXIV.
AVEC PRIVILEGE DE SA MAJESTE'.

AV ROY

IRE

La suprême Elevation telle qu'eſt celle de Dieu & des Rois a cela de

propre qu'elle ne dédaigne les hommages de qui que ce soit, regardant le cœur plus que la qualité & contant le plus grand zele pour le plus grand merite. Sur ce fondement, SIRE, j'ay crû pouvoir offrir en public à Vostre Majesté le petit Recueil de ces mesmes Poësies, qu'elle a déja en particulier trop honorées de ses Regards & trop recompensées de ses Bienfaits. Si elles estoient moins imparfaites je dirois hardiment que c'est son Ouvrage plus que le mien, & je les mettrois au nombre de ses Miracles. Car quand je me demande à moy-mesme comment j'ay pû sans art, sans étude, sans éducation parvenir à ce degré de mediocrité tel qu'il est, & si l'on ne

m'a point trompé, rencontrer quelquefois les pensées de ces Anciens que je
n'ay jamais leus, je suis contraint
d'avoüer qu'il n'y a que le seul éclat
de sa Gloire qui ait pû me les inspi-
rer, & qu'elles sont beaucoup moins
les images que les effets de ce que
Vostre Majesté nous fait voir de
grand & d'auguste. Un pareil objet
transportant l'Ame hors de son assiete
ordinaire par l'Admiration, par l'A-
mour, & par le Respect, & l'obli-
geant à chercher avec autant de pas-
sion que de raison, je ne say quoy de
plus qu'humain pour des Vertus plus
qu'humaines, auroit fait inventer la
Poësie, si elle n'eust point esté, &
nous la fera voir quelque jour parfaite

ſi jamais tant de qualitez heroiques
trouvent quelque Eſprit ſublime qui
en ſoit auſſi vivement touché que le
mien. Ce ſera alors , S I R E , qu'on
verra reſſerré en peu d'eſpace avec vn
redoublement de lumiere & de force,
ce que nous ne voyons pas ſeulement
mais que nous touchons & que nous
ſentons de Voſtre Majeſté répandu
dans tout le corps de l'Eſtat ; & que
jouïſſant , comme nous faiſons , de ſa
Sageſſe , de ſa Juſtice , de ſa Bonté,
de ſa Valeur , de la vaſte étenduë de
ſon Genie , de la haute Magnanimité
de ſon Cœur , nous luy rendrons à la fin
la ſeule choſe dont elle doit craindre
de manquer , je veux dire des Loüanges dignes d'Elle. Je ſuis bien éloigné,

Sıre, *d'oser me promettre cet honneur,
mais je pretens exciter tous les Autres,
mesme par ma foiblesse, quand Ceux
qui peuvent infiniment plus que moy
consideront ce que j'ay pû seulement,
parce que j'estois avec la veneration
la plus profonde & la plus parfaite,*

SIRE,

DE VOSTRE MAJESTE',

Le tres-humble, tres-obeïssant &
tres-fidelle serviteur & sujet
GENEST.

POËSIES

A
LA LOÜANGE DU ROY,

SUR LA GLOIRE QUE LE ROY
s'eſt acquiſe en faiſant ceſſer les Duels.

Sujet donné par Meſſieurs de l'Academie Françoiſe
en l'année 1671.

EN vain d'un Zele ardent mon ame eſt enflâmée,
Laiſſons du Grand Lou is parler la Renommée.
Que dirois-je d'un Roy qui paſſe tous les Rois,
Et ſoûmet comme un Dieu la Nature à ſes loix ?

Puis-je repreſenter ſous ſes Armes tonnantes
Les Forts tombans d'effroy, les Provinces tremblantes,
Et devant ce Vainqueur les Peuples ſurmontez
Adorant ſa Juſtice & ſes rares Bontez ?

Diray-je que Lou i s pouvoit tout entreprendre ?
Que rien ne reſiſtoit, rien n'oſoit ſe défendre
Lors qu'en donnant la paix ce grand Prince a fait voir
Qu'au gré de la Clemence il borne ſon pouvoir ?

A

Diray-je qu'aujourd'huy sa Conduite profonde
Dans son paisible cours étonne tout le Monde ?
Que de son vaste Empire il meut tous les ressorts ?
Qu'il change, renouvelle, anime ce grand Corps,
Y fait regner par tout le Calme, & l'Abondance,
La Seureté, l'Eclat, & la Magnificence,
Et fait sur le débris des Monstres abattus
Refleurir les beaux Arts, les Loix, & les Vertus ?

Mais sans suivre L o u i s de victoire en victoire,
Sans le considerer avec toute sa gloire,
Sans voir ces grands Travaux & ces heureux Projets
Qu'il consacre sans cesse au bien de ses Sujets,
Que ne devons-nous point à son bras redoutable,
Pour avoir étouffé ce Monstre épouvantable,
Ce Prodige sanglant suivy de tant d'horreur,
Dont le venin funeste inspiroit la fureur,
Et dont l'impitoyable & barbare insolence
Sous le nom de l'Honneur deshonoroit la FRANCE ?

Ce Monstre ou ce Demon, pour ses Meurtres cruels,
En des Lieux écartez élevoit ses Autels.
Là d'un acier aigu, par d'affreux caracteres,
Il avoit exprimé ses farouches mysteres.
Là les Cœurs agitez de son brûlant poison
Méprisoient l'Equité, les Loix, & la Raison,
Et par l'injuste Fer décidant les Querelles
En faisoient chaque jour renaistre de nouvelles.

Son fier acharnement jamais ne s'arreſtoit,
Par le ſang répandu ſa rage s'augmentoit,
Il faloit égorger le Fils aprés le Pere,
Et maſſacrer encor le Frere aprés le Frere.
On voyoit les Amis, on voyoit les Parens
L'un par l'autre percez, l'un ſur l'autre expirans :
La fureur s'emparoit des plus nobles Courages,
Et l'exemple entraînoit les Eſprits les plus ſages.

Hé ! combien a-t-on veu de François eſtimez,
En vils Gladiateurs honteuſement armez,
Au lieu de triompher dans vne illuſtre Plaine
Pour d'indignes ſujets s'immoler ſur l'Areine,
Faire écrier de joye au bruit de leur malheur
L'Etranger qui devoit éprouver leur valeur ?
Comme on dit qu'autrefois par la force des Charmes
Jaſon vid à Colcos tant de Freres en armes,
Au lieu de le choiſir pour l'objet de leurs coups,
N'exercer que ſur eux leur aveugle couroux.

Pourra-t-on croire un jour cette énorme Licence,
Qui des fameux François profanoit la Vaillance ?
Les ſuperbes Romains, ces vainqueurs glorieux
N'ont-ils pas mépriſé ces Combats odieux ?
Ils ſçavoient s'attacher au Travail le plus rude,
Des Peuples ennemis braver la multitude,
Des plus affreux Climats affronter les horreurs,
Des plus fiers Elemens combattre les fureurs.

Mais ces vaillans Guerriers laiſſoient à leurs Eſclaves
L'art de nos Eſcrimeurs, l'ardeur de nos faux Braves,
Et donnoient pour ſupplice aux plus grands Criminels
L'exercice inhumain de ces ſanglans Duels.

En vain dans ces Malheurs la France deſolée
Pleuroit de ſes Enfans l'audace déregléc,
En vain elle appelloit nos Rois à leur ſecours,
De cet Emportement rien n'arreſtoit le cours.
Mais, LOUIS, tout fléchit ſous ton Empire auguſte;
Ce que LE GRAND HENRY, ce que LOUIS LE JUSTE
Avec tous leurs efforts ne purent achever,
Les Cieux à ton pouvoir l'ont voulu reſerver.
Tu fais de ce Demon ceſſer la tyrannie,
Tu gueris des François l'inſolente manie;
Et loin du faux Honneur qui trompoit leurs Eſprits,
Du veritable Honneur tu leur montres le prix.

Ouy, genereux François, ouy Guerriers magnanimes,
Tous vos Projets ſont grands, ſont beaux, ſont legitimes;
Vous n'eſtes animez qu'à vaincre vos Rivaux
Dans les nobles Perils, dans les nobles Travaux;
Vous ne connoiſſez plus que la Gloire ſolide,
La Raiſon vous éclaire & la Vertu vous guide;
Et LOUIS la terreur & l'amour des humains
A ſû vous élever au deſſus des Romains.
Il vous apprend cet Art, qui gagne les Batailles,
Qui fait tomber l'orgueil des plus fortes Murailles;

Cette belle Science ; à qui tout doit ceder,
Qui fait bien obeïr, & fait bien commander.
    Enfin il vous apprend ce Monarque invincible
A reverer les Loix d'un Monarque invifible ;
Ce L O U I S fi puiffant, ce Roy fi redouté
Reconnoift dans les Cieux une autre Majefté ;
Il luy foûmet fon bras, fon cœur, fon diadême,
Et confeffe au milieu de fa gloire fuprême,
Que de fes hauts deffeins, de fes heureux exploits
La loüange & l'honneur font dûs au Roy des Rois.
              Domine falvum fac Regem.

ODE
POUR
LE ROY.

PRESENTE'E A SA MAIESTE'
au commencement de l'année 1672.

CELUY qui le premier d'un penfer temeraire
Traça fur l'Ocean le chemin des Nochers
Craignit plus d'une fois les Bancs & les Rochers,
Et des Vents ennemis redouta la colere.
  Avec un timide effort
  Il vogua le long du bord,
Il n'ofa s'expofer à l'affaut des Orages;
Mais ayant affermi fon cœur audacieux,
Il s'éloigna des Ports, il quitta les Rivages,
Et chercha feulement fa Route dans les Cieux.

De mesme tout brûlant & l'ame toute éprise
Du desir de chanter le plus fameux des Rois,
Dans un Projet si grand je m'arrestay cent fois;
Je craignis le danger qui suit cette Entreprise.
    Un effroy respectueux
    De mon Zele impetueux
Renferma dans mon sein la chaleur immortelle:
Mais ce Zele enflâmé va prendre un libre cours;
Il suit , loin des humains, la Muse qui m'appelle,
Et qui du haut des Cieux me promet son secours.

Vous, mes heureux Rivaux, dont les efforts prétendent
Affranchir les grands Noms de l'Oubly rigoureux,
Vous , dis-je, qui tenez de ce Roy genereux
Ce précieux Repos que vos Veilles demandent;
    Lors que par tant de Bienfaits
    Il a comblé vos Souhaits,
Vous tâchez d'inventer des Loüanges nouvelles.
Mais, sans chercher en vain les belles Fictions,
Que vous aurez d'honneur si vous estes fidelles,
Et si vous égalez ses grandes Actions!

Quelle vive Splendeur ! Quel Abyſme de gloire !
Quels Rayons immortels environnent L o u i s !
Quels Triomphes heureux, quels Exploits inoüis,
Dont il fait éclater le Temple de Memoire !
　　　Je le voy dés ſon Berceau
　　　Comme un Hercule nouveau,
De Serpens écraſez s'ériger des Trophées ;
Et, pour ſes Coups d'eſſay, je vois aux Champs de Mars
Des Lions abattus, des Hydres étouffées,
Et l'Aigle imperieux tout percé de ſes dards.

Ces Préludes ſont beaux ; mais la ſuite eſt plus belle.
Je le vois animé d'une conſtante Ardeur
Chercher par la Vertu la ſolide Grandeur,
Et d'un Heros parfait devenir le modelle.
　　　Depuis le celebre jour
　　　Où l'Hymenée & l'Amour
De ſa main foudroyante arracherent les Armes,
A-t-il donné relâche à ſes nobles Deſirs ?
Et ſon ame intrepide au milieu des Allarmes,
A-t-elle moins de force au milieu des Plaiſirs ?

Dans

Dans ce Repos ſi doux & dans ces Jours ſi calmes
Où rien n'oſe troubler ſon Sort victorieux
Il prend de ſon Empire un ſoin laborieux,
Et meſme dans la paix il ſçait cueillir des palmes.

    Toûjours ſon cœur genereux
    S'ouvre aux cris des malheureux,
A tout ce qui l'implore il preſte ſa Puiſſance.
N'a-t-il pas garanty du barbare Croiſſant
L'Aigle dont autrefois l'injuſte violence
Fondit ſur le berceau de ce Heros naiſſant ;

Mais quand de tous coſtez ſes Labeurs heroïques
Des Monſtres furieux ont mis l'orgueil à bas,
Sous les verds Oliviers la paiſible Pallas
Enrichit les François de ſes dons magnifiques.

    Entre ſes nobles Projets,
    L o u i s veut que ſes Sujets
Triomphent par l'eſprit ainſi que par l'épée ;
Animez du beau feu de ſes divins regards
A cent Travaux divers leur main eſt occupée,
Et remporte auſſi-toſt le prix de tous les Arts.

B

Comme en ces belles nuits de nos Feſtes charmantes,
Par de ſecrets reſſorts vn Art ingenieux ,
D'un mouvement ſoudain fait paroiſtre à nos yeux
Du Theatre changeant les Scenes ſurprenantes ;
　　　Au lieu de Rochers brûlez
　　　Et de ces Bords déſolez,
Où les Sables ardens ſont en Monſtres fertiles ,
Nous voyons tout d'vn coup des Chãps couverts de fleurs,
Des Temples, des Palais, des Fleuves, & des Villes ,
Et des voutes du Ciel les riantes couleurs.

Ainſi dans nos beaux jours par de ſoudains Miracles
L'Eſtat renouvellé ſe forme & s'embellit ;
Ces Villes que L o v i s , ou fonde, ou rétablit ;
Ces Travaux qui par tout font de ſi grands ſpectacles ;
　　　Tous ces heureux Changemens ;
　　　Tous ces ſages Reglemens ,
Qui conduiſent LA FRANCE à ſon Bonheur ſuprême ;
Tout ſe fait tout d'un temps, d'un meſme ordre, en tous
Elle ſe méconnoiſt & s'admire elle-meſme ,　　　[lieux ;
Et trouve dans L o v i s la puiſſance des Dieux.

Ces Palais ſomptueux, ces pompeux Edifices,
Dont la cime orgueilleuſe éclate dans les Airs;
Ces Eaux qu'il fait couler en d'arides Deſerts;
Ces Iardins où les Dieux trouveroient leurs délices,
        Les ſuperbes ornemens
        De ces vaſtes Bâtimens,
Où l'Art & la Nature épuiſent leur richeſſe,
De l'vne & l'autre Rome effacent les beautez,
Surmontent la ſplendeur de la ſçavante Grece,
Et tous ces grands Palais que la Fable a chantez.

Les Rochers ſourcilleux, les affreuſes Montagnes,
A la voix de L o v i s ſe laiſſent applanir;
Par ſon commandement nos deux Mers vont s'vnir,
Et des Fleuves nouveaux arroſent nos Campagnes,
        Palemon void tout ſurpris
        Ouvrir de nouveaux Abris,
Aux Navires battus de la fureur de l'Onde;
Où l'on vid des Ecueils, on découvre des Ports;
Et L o v i s fait ceder tout le reſte du Monde,
Aux Ouvrages fameux dont il pare nos Bords.

De quel puiſſant Demon les forces étonnantes
Ont fourny pour la Mer ces belliqueux apprefts,
Et fait ſi promtement de nos vertes Forefts
Tant de mobiles Forts, tant de Villes flotantes?
Que de François courageux
Sur l'Element orageux
Vont braver ces Perils qu'ils bravoient ſur la Terre!
L o u i s les a changez en Pilotes ſçavans;
Et ceux qui dans la Paix foûpiroient pour la Guerre
Ont du moins à combattre & les Flots & les Vents.

Le Rhin impetueux, ny les hauts Pyrenées,
L o u i s, ne bornent plus l'ardeur de tes F r a n ç o i s;
Aux bouts de l'Univers ils vont porter tes Loix,
Et faire triompher tes Armes fortunées.
Le vafte Empire des eaux
Eft couvert de tes Vaiſſeaux,
Prefts à vaincre par tout, prefts à tout entreprendre.
Qui peut les éviter? Qui peut les foûtenir?
Il n'eft point d'Opprimez que nous n'allions défendre;
Il n'eft point de Tyrans que nous n'allions punir.

Ces Corſaires ſi fiers dont la cruelle rage
Par tant d'actes ſanglans a diffamé les Flots,
Et jetté plus de trouble au cœur des Matelots
Que le choc des Ecueils & l'horreur du Naufrage.

   Ces inſolens Africains,
   De qui les vœux inhumains
Cherchoient inceſſamment le Carnage & la Proye,
Sont vaincus, ſont punis, & tombent dans tes Fers;
Contre eux juſqu'en leurs Forts ton pouvoir ſe déploye,
Et tes Soins glorieux en ont purgé les Mers.

Déja l'heureux ſuccés de nos Courſes lointaines
Du Commerce opulent nous fait goûter le fruit,
Sur mille grands Vaiſſeaux que Neptune conduit
Nous chargeons les Preſens de nos feconces Plaines:
   Nous allons en ſoulager
   Les beſoins de l'Etranger,
A qui de ces faveurs le Ciel eſt plus avare:
Et nos joyeux Nochers ramenent dans nos Ports
Ce que l'Aſtre du jour engendre de plus rare,
Ce que l'vne & l'autre Inde ont de riches Treſors.

B iij

Lors que nous ignorons les Malheurs & les Craintes,
Et que par tant de Biens tous nos vœux sont contens,
L o u i s songe aux Revers des Destins inconstans,
Et prévient de leurs coups les fatales atteintes.
    Les Architectes de Mars
    Par d'imprenables Remparts
Défendent nostre Empire, assurent nos Conquestes ;
Et nos braves Soldats, instruits par ce Heros,
Tiennent le bras levé sur les superbes Testes
Qui voudroient de la F r a n c e attaquer le repos.

Par quel effet soudain, par quels soins incroyables
Ces puissans Boulevars ont-ils pû s'achever ?
Par quel Charme inconnu voyons-nous élever
De ces Corps menaçans les masses effroyables ?
    Belges, à qui ce grand Roy
    Avoit donné tant d'effroy,
Il vous fonde un Bonheur d'eternelle durée ;
Il hausse vos Remparts qu'il avoit démolis ;
Et des Peuples divers la force conjurée
Ne sçauroit desormais en arracher les Lys.

Il fait fleurir les Loix dans ces grandes Armées
Qui font de l'Univers l'Efpoir ou la Terreur,
Sans traîner le Ravage, & fans femer l'Horreur
Aux feuls nobles Affauts elles font animées.
   L'Europe de toutes parts
   Void floter nos Etendars;
L o u i s femble inonder les Provinces foûmifes;
Mais Bellonne avec luy perd ce qu'elle a d'affreux :
Il regne par l'Amour dans les Villes conquifes,
Et ne fait des Sujets que pour les rendre heureux.

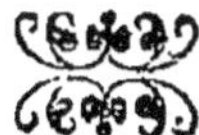

C'eft ainfi qu'à Memphis prend fa fameufe courfe
Ce Fleuve merveilleux qu'on a tant celebré,
De qui l'accroiffement eft toûjours admiré,
Et de qui les humains cherchent en vain la fource.
   C'eft ainfi qu'à gros boüillons
   Le Nil couvre les fillons,
Et fait bruire en tous lieux fes ondes débordées :
Il s'étend, il s'épanche avec rapidité;
Mais fon cours favorable aux plaines inondées
Y répand l'Allegreffe & la Fecondité.

Ce Conquerant ſi promt , ce Vainqueur ſi rapide

Peut de l'Aube au Couchant arborer ſes drapeaux ;

Mais il veut des Lauriers auſſi juſtes que beaux ,

Et ſur tous ſes deſſeins , c'eſt Themis qui preſide.

     Quand tout fléchit ſous ſes Loix

     Il arreſte ſes Exploits ;

Des Eſtats ébranlez il finit les allarmes ;

Son Courage s'immole au ſalut des humains ;

Sa Clemence reſiſte au pouvoir de ſes Armes ;

Sa Pitié fait tomber la Foudre de ſes mains.

Malheur à l'Injuſtice , & malheur à l'Audace

Qui voudront le contraindre à montrer ſon pouvoir ;

Elles perdront bien-toſt leur inſolent eſpoir ,

Et ſçauront qu'il n'eſt rien que L o u i s ne terraſſe.

     Du grand Monarque des Cieux

     Le Tonnerre furieux

Dans la froide ſaiſon ſemble épargner la Terre ;

Ses feux dans les frimats n'embraſent point les Airs ;

Mais L o u i s en tout temps fait oüir ſon Tonnerre ,

Et ſçait lancer la Foudre au plus fort des Hivers.

Vous,

Vous, rebelles Citez, orgueilleuſes Provinces
Qui venez d'éprouver la force de ſon bras,
Vous, que l'Equité meſme & le Droit des combats
Viennent d'aſſujettir au plus vaillant des Princes ;
  Je ſçay vos fameux aſſauts ;
  Je ſçay ſes nobles travaux ;
Je ſçay de quel ardeur il preſſoit vos murailles,
 Quel courage heroïque éclatoit dans ſes yeux ,
Et qu'à cet air ſi grand , au milieu des batailles ,
Les Troyens & les Grecs ont reconnu leurs Dieux.

Mais pourquoy s'engager en des ſujets ſi vaſtes ?
L'Univers eſt remply de ces faits éclatans ,
Et pour les dérober aux injures des Temps
Mille ſçavantes mains les gravent dans nos Faſtés.
  Pour mieux loüer ce Vainqueur
  Je ne chante que ſon cœur ,
La ſource qui produit tant d'Actes magnanimes :
J'y voy tout ce qui forme vn parfait Potentat ,
 Qui trouve l'art d'unir par ſes juſtes maximes
La grandeur du Monarque au bonheur de l'Eſtat.

C

Quelle eſt l'activité de ce puiſſant Genie

Qui ſeul pourroit ſuffire à regir l'Univers?

Quelle eſt, pour ſatisfaire à tant de ſoins divers,

Son immenſe étenduë, ou ſa force infinie?

Quels ſont ces divins Secrets,

Quels ſont ces ſages Decrets

Qui cachent aux humains leur conduite profonde?

Les yeux les plus perçans n'y trouvent point d'accés,

Et tant de grands Deſſeins qui font le ſort du Monde,

Ne ſont jamais connus que par leurs grands Succés.

Depuis les premiers Temps a-t-on vû des Monarques

Joindre tant de Prudence a tant d'Autorité,

Joindre tant de Douceur à tant de Majeſté,

Et briller à la fois par tant d'illuſtres marques?

Auſſi-toſt qu'il ſe fait voir

Les cœurs ſentent ſon pouvoir,

Et pour le reconnoiſtre il ſuffit de l'entendre;

Il eſt toûjours égal, toûjours ſemblable à ſoy;

Jamais de ſa Grandeur on ne le void deſcendre;

Il n'agit qu'en Heros, & ne parle qu'en Roy.

Les Vices font détruits, ou n'ofent plus paroiftre,
On n'entend plus fouffler de Vents feditieux,
Il nous fait oublier ces Monftres odieux
Que fa Bonté fevere empefche de renaiftre;
    Le Merite floriffant
    Sous ce Roy jufte & puiffant,
Void fans ceffe aux bienfaits ouvrir fes mains facrées;
Et par fes riches dons, difpenfez avec poids,
Les Travaux couronnez, les Vertus honorées,
Font leur plus digne prix de l'honneur de fon choix.

Reine des Nations, FRANCE, quelle eft ta Gloire
De poffeder un Prince à qui tout eft foûmis,
Qui fait de toutes parts trembler tes Ennemis,
Et fixe dans ton fein la Paix & la Victoire?
    Un Prince dont les beaux jours
    Te preparent un long cours
D'une Felicité fi folide & fi belle:
Du fouverain Bonheur tu touches le fommet;
Et pour mieux affurer ta Grandeur immortelle,
Ce que donne LOUIS, fon DAVPHIN le promet.

C ij

ODE
POUR LE ROY
SUR
SES CONQVESTES
DE HOLLANDE.

Presentée à sa Majesté au camp d'Amerongue
dans la Province d'Vtrecht, vers
la fin du mois de Iuin 1672.

Vous, dont la Fable & l'Histoire
  Nous racontent les Exploits;
Heros, Conquerans & Rois,
Qui brillez de tant de gloire:
Si dans vostre heureux sejour
Vous gardez un juste amour
Pour les Vertus immortelles;
Venez, & confessez tous,
Que par des routes nouvelles
Louis va plus loin que vous.

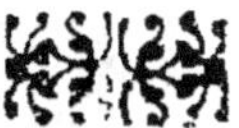

Quel charme force Bellonne
A contenter tous ſes vœux ?
De quatre Sieges fameux
Toute l'Europe s'étonne.
On ne ſçauroit concevoir,
Ou quel Art, ou quel Pouvoir
Secondera ſon Courage,
Quand on ſe trouve ſurpris
De voir achever l'Ouvrage
Qu'à peine on croit entrepris.

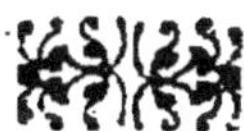

Ces Places ſi renommées,
Naguere objets de terreur,
Par qui l'Eſpagne en fureur
Vid mépriſer ſes armées ;
Par qui des Audacieux
Bravant la terre & les cieux
Penſoient couvrir leur frontiere :
Contre L o u i s irrité
Sont une foible barriere
De leur vaine Liberté.

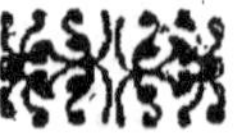

De là s'ouvrant le paſſage,
Il va d'un cours plus ardent,
Comme un Tonnerre grondant,
Quand il crève le nuage.
Par tout ſes moindres efforts
Font tomber Villes & Forts;
Par tout les Peuples ſe rendent :
Et les Soldats éperdus,
Des Remparts qui les défendent
Ne ſe reſſouviennent plus.

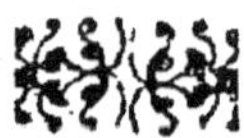

Au bruit qui trouble ſon Onde
Le Rhein fremiſſant d'effroi,
Pour admirer ce grand Roi,
Sort de ſa grotte profonde.
Il le void plus fier que Mars,
De la voix & des regars
Rendre les cœurs intrepides;
Et nos Eſcadrons legers
Fendre ſes gouffres humides,
Comme l'Aigle fend les airs.

Quel eſt ce nouveau ſpectacle ?
Dit le Fleuve épouvanté !
Quel ce Heros indomté,
A qui rien ne fait obſtacle ?
J’ay vû triompher Ceſar,
J’ay vû derriere ſon Char
Attacher mes mains captives.
Mais en me donnant des Lois,
Le Romain fit ſur mes rives,
Moins que n’a fait le François.

Tel, ou moindre, Charlemagne
Frapa mes yeux éblouïs ;
Vaillant & ſage L o u i s,
Meſme gloire t’accompagne.
Pour les meſmes intereſts,
Avec de pareils progrés
Il ſubjugua mes Provinces ;
Et par des Soins immortels,
Releva le Droit des Princes,
Et le Culte des Autels.

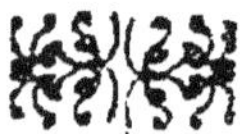

Pourfui, Vainqueur magnanime,
Fai fentir à des Ingrats
La pefanteur de ton bras
Dans un courroux legitime.
Digues, Défenfes, Travaux,
Marais, Eclufes, Canaux,
Cederont à ta vengeance,
Rien ne fauroit t'arrefter ;
Et c'eft ta feule Clemence
Que tu ne peux furmonter.

Si le Ciel veut mettre en poudre
Ceux qu'il a trop élevez,
Leurs Deftins font achevez :
Il n'emploira que ta Foudre.
Si fon Arreft retracté,
Abandonne à ta Bonté
Les fuites de ta Victoire :
Tu vas, & rendre, & donner,
Content de la feule Gloire
De vaincre & de pardonner.

La

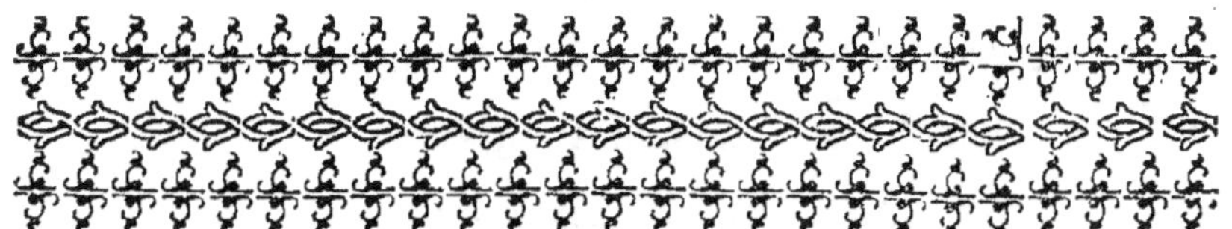

LA NYMPHE
DE VERSAILLES
AU ROY.

*Presentée à sa Majesté aprés son retour de la
Campagne de 1672.*

JE ne viens pas, GRAND ROY, par des chants de
    victoire
Aider la Renommée à publier ta Gloire.
Qu'elle vante en tous lieux tes Exploits inoüis ;
Je laisse le Vainqueur & ne veux que LOUIS.
    Te verray-je à la fin dépoüillé de tes Armes ?
Te pourray-je en repos raconter mes Allarmes ?
Quand l'Univers te loüe, ô magnanime Roy,
Me sera-t-il permis de me plaindre de toy ?
Ouy, je puis d'un transport aussi juste que tendre
Te reprocher les pleurs que tu m'as fait répandre,
Et mesler aux Ennuis dont j'ay senti les traits
L'aimable souvenir des Biens que tu m'as faits.

D

Je me remets toûjours ma Campagne deferte,
D'épines heriffée, & de fables couverte,
Où dans une importune & trifte obfcurité
Ie traînois fans plaifir mon Immortalité,
Et ne voyois errer de boccage en boccage
Que le Chevreüil timide, ou la Biche fauvage.

Mais depuis que le Sort favorable à mes vœux
M'accorda l'heur de plaire à ton Cœur genereux,
Les Nymphes des Vallons, des Montagnes , des Plaines,
Des Forefts, des Eftangs, des Prez & des Fontaines,
D'un foin refpectueux s'attachant à mes loix,
Ornerent mes Jardins, mes Terraffes, mes Bois.

Dans le fuperbe enclos d'une Ville nouvelle
Je vis croiftre un Palais de ftructure immortelle ;
Tel qu'entre cent Palais habitez par les Dieux
S'éleve le Sejour du Monarque des Cieux.

A fes pieds orgueilleux une Mer fans Orages ,
Exemte pour jamais d'Ecuëils & de Naufrages,
Ouvre une longue courfe à tes pompeux Vaiffeaux
Qui de rames d'argent fendent le fein des Eaux ,
Et fans s'affujettir aux ordres des Etoiles
Déployent en tout temps la pourpre de leurs voiles.

L'Onde promte & facile à tes commandemens
Eftend deux larges bras vers deux Palais charmans.
On épuifa pour l'un jufqu'aux Climats barbares
De tous les Animaux les plus beaux, les plus rares ;

L'autre, fous des rameaux toûjours frais, toûjours verds,

Dans l'âpre Canicule, au plus fort des Hyvers,

Arbitre des faifons, fans ceffe fait éclore

Les plus riches trefors de Pomone & de Flore.

Si pour tromper l'ardeur du bel Aftre des jours

L'on cherche de mes Bois les merveilleux détours,

Penfant ne rencontrer fous leur feüillage fombre

Que l'aimable fraicheur du Zephyre & de l'Ombre,

En quelques lieux fecrets que l'on porte fes pas

Les Nayades en foule y monftrent leurs appas.

Ny ta Grotte, L o u i s, plus richement parée

Que celle d'Amphitrite & celle de Nerée;

Ny ces rians Baffins, où l'Art induftrieux

A fait vivre en metal les Hommes & les Dieux,

Ne peuvent empefcher ces belles fugitives

De s'échaper par tout, pures, fraîches, & vives.

Ordonne feulement, pren foin de fouhaiter;

Ces Nymphes à l'inftant peuvent tout imiter,

Plus doctes que Prothée à changer de figures,

Et furprendre les fens de douces impoftures.

Tantoft du tronc d'un Arbre & de mille Rofeaux

Leur mobile cryftal pouffe de longs rameaux,

Et trace dans les Airs par fes élans rapides

Mille Cercles fuyans, mille Chiffres liquides;

Tantoft, en élevant un humide Rocher,

Sous fa bruyante maffe on les void fe cacher:

Et tantoſt, du concours des Ondes jaliſſantes,

Former un grand Theatre, & des Scenes changeantes.

Enchanté par les yeux, l'Etranger, le François

Paſſe, revient, s'arreſte, & repaſſe cent fois,

Et s'écrie, en voyant tant d'objets qu'il admire,

Qu'on ne peut les conter, moins encor les décrire.

Helas ! qui le croiroit, que ces nobles Plaiſirs

N'euſſent pas le pouvoir d'arreſter tes Deſirs ?

Qu'à de ſieres Vertus ton Ame trop fidelle

Me fiſt ſouffrir les maux d'une Abſence cruelle,

Qui me laiſſant en proye à de triſtes Regrets

Pour moy de ces beaux Lieux ternit tous les attraits ?

Combien de fois preſſée & d'Ennuis & de Craintes

Ay-je expliqué mon cœur par de ſemblables Plaintes ?

Quelle eſtoit noſtre erreur, Nymphes, de preſumer

Que nous pûſſions luy plaire & qu'il puſt nous aimer ?

Il n'aime que la Gloire, il ne regarde qu'elle ;

De toutes les Beautez pour luy c'eſt la plus belle ;

Si-toſt qu'elle fait voir ſes appas dangereux

Il nous quitte, il échappe à nos plus tendres vœux,

Et meſme aux plus beaux jours de nos charmantes Feſtes

Medite de hauts Faits, commence des Conqueſtes !

Encor ſi ſon grand Cœur pouvoit ſe moderer

Nous aurions moins à craindre, & moins à ſoûpirer.

Mais le Soleil ardent, la Lune au front humide

Eclairent tour à tour les pas de cet Alcide !

Attaques, & Combats, Marches, & Campemens
Du Iour & de la Nuit confument les momens !
Faut-il forcer les Murs d'une Ville orgueilleufe,
Il trace à fes Guerriers la Route perilleufe,
Sut le Terrein fanglant il conduit les Travaux,
Et marque les Endroits qu'il deftine aux Affauts.
Faut-il de Bataillons inonder les Campagnes,
Traverfer les Forefts, les Fleuves, les Montagnes ?
Ame de fon Armée, il paroift en tous lieux,
Et regle inceffamment fon cours victorieux.

  Voyez-le au bord du Rhin, d'un air fier & tranquille,
Rendre à fes Ennemis ce Rampart inutile,
Et les François fans crainte, à la voix du Heros,
En nombreux Efcadrons fe lancer dans les flots !
Ny le fer, ny le feu n'étonnent leur Audace ;
L'Onde entraîne les uns, d'autres prennent leur place,
Remplis de fa Grandeur, & bleffez, & mourans
Dans la vague irritée ils confervent leurs Rangs.
Heroïques Guerriers, François trop magnanimes,
Que ce Jour triomphant demanda pour Victimes,
En vain fur vos Tombeaux, les yeux moüillez de pleurs,
Nous troublons vos Plaifirs d'inutiles Douleurs ;
Que demanderiez-vous, quand vous pourriez renaiftre,
Qu'une fi belle mort aux yeux d'un fi grand Maiftre ?

  Mais vous, Maiftre du Monde, & Protecteur des Rois,
Si vos yeux font ouverts fur l'Empire François,

D iij

Si c'est par vos faveurs qu'il irrite l'Envie,
Parmy tant de perils conservez une vie.
Par Elle nos Climats retirez du Cahos
Luy doivent leur Bonheur, leur Gloire, leur Repos;
Sans Elle la Splendeur qui les rend si celebres
Se couvriroit bien-tost d'éternelles Tenebres.

Tels estoient mes Transports, tels estoient mes Discours
Dans tes fameux Exploits dont je suivois le Cours.
Ie te revois enfin; & te revois encore
Remply de nobles Soins dont l'ardeur te devore !
Hé bien pense à la Gloire, adore ses Appas;
Mais pour l'aimer, Lo u i s, ne me neglige pas;
Et pense quelquefois, au sein de la Victoire,
Que Versailles un jour rehaussera ta Gloire,
En faisant comparer aux Mortels étonnez
Tes Gestes éclatans & ces Lieux fortunez.

L'Ambitieux Desir du royal Diadême
N'a point fait, diront-ils, cette Valeur suprême.
Il ne vint point du Nort, du sejour des Frimats
Pour s'ouvrir par le fer de plus heureux Climats.
Vn Trône chancelant, & l'horreur du Naufrage
Ne le forcerent point à trouver du Courage.

Roy, fils de mille Rois, au comble des Desirs,
Environné de Biens, de Pompe & de plaisirs,
Absolu, redouté, loin de toutes Allarmes,
Maistre de ses Destins, en ces lieux pleins de Charmes,

Si-toſt que la Iuſtice, où l'Honneur l'appelloit
Aux plus affreux Dangers ſon courage voloit.

Le Bien de ſes Eſtats, le Bien commun du Monde
Occupoient tour à tour ſa Sageſſe profonde ;
De ſa haute Grandeur ces beaux lieux ſont Témoins,
Et c'eſtoit toutefois le moindre de ſes ſoins.

Mais d'un trop long Diſcours tes Bontez ſont laſſées ;
J'interromps trop long-temps tes auguſtes Penſées.
Je me tais, Grand LOUIS ; ces Momens que tu perds
Sont autant de Larcins qu'on fait à l'Univers.

LES CAMELEONS.

A MADEMOISELLE

DE SCVDERY.

Des bords ſi renommez de ce Fleuve orgueilleux
    Qui void dans ſon cours merveilleux
    Les Pyramides & le Phare ,
Des rivages du Nil * que le Ciel en courroux
    Range ſous un ſceptre barbare
Nous venons en ces lieux chercher un ſort plus doux,
    Et confeſſer à tous
Qu'en tout ce que l'Egypte a de grand & de rare
    Elle n'a rien qui le ſoit tant que Vous.

* On a envoyé d'Egypte à Madamoiſelle de Scudery deux Cameleons.

Tous,

Tous foibles, tous obscurs, tous rampans que nous sommes
    Nous avons de l'Ambition ,
    Et nous suivons des plus grands hommes
    La plus loüable Passion ;
Au milieu de l'Asie , au milieu de l'Afrique
Entendant publier la Grandeur magnifique ,
La Gloire & le Bonheur de l'Empire François ,
    Déja quelqu'un * de nostre Espece
    A pris la noble hardiesse
D'y venir admirer le plus parfait des Rois.

Un Roy dont les Vertus , les Travaux , la Puissance
Attachent sur luy seul les yeux de l'Univers ,
Et qui fait envier à cent Peuples divers
Ces Biens & ces Honneurs dont il comble la France !
Un Roy dont elle tient ses nouvelles Beautez ,
    Ses constantes Prosperitez ,
Son Destin triomphant & son Eclat suprême ;
    Et de qui l'Esprit & le Bras
L'ont autant élevée au dessus d'elle-mesme ,
Que le Ciel l'élevoit sur les autres Climats !

* Le Cameleon qui fut apporté au Roy il y a quelques années.

E

Nous meditions tous deux un semblable voyage,
  Mais dans un Païs étranger
Nous cherchions une main qui pût nous proteger,
  Et faire agréer nostre hommage;
Quand au bord d'un Ruisseau, sous des Palmiers touffus,
D'illustres Africains, couverts de cet Ombrage,
Loüerent de Sapho l'Esprit si haut, si sage,
Le Grand cœur tout remply d'éclatantes Vertus;
Et pour mieux s'en former la merveilleuse Image
  Reciterent en leur Langage
L'Histoire de Clelie * & celle de Cirus.

O Dieux ! s'écrioient-ils, que de vives Peintures !
Quelle varieté de nobles sentimens !
Tel qu'un Cameleon fait par ses changemens
Prendre de cent couleurs les diverses Teintures;
Tel ce divin Genie en changeant ses objets
Nous paroist tour à tour en differens Sujets
Philosophe, galant, guerrier & politique;
En tout ce qui luy plaist il peut se transformer,
Et par tout élevé, brillant, tendre, heroïque
Il fait toûjours instruire, il fait toûjours charmer.

* Cirus & Clelie ouvrages de Mademoiselle de Scudery sont traduits en Arabe.

C'eſt, diſoient-ils encor, cette Fille admirable

   Dont l'Eloquence incomparable

   Ravit les Cœurs & les Eſprits;

C'eſt elle dont l'Europe a vanté la Victoire,

Et qui voulant au Ciel offrir toute ſa Gloire

D'une Gloire nouvelle a remporté le prix. ✳

  ✳ L'Academie Françoiſe en 1671. donna le prix au Diſcours de Mademoi-
ſelle de Scudery, où elle prouve que la Gloire n'appartient qu'à Dieu.

Ils firent le Tableau de toute voſtre vie,

   Et ſoudain noſtre ame ravie

   Brûla du deſir de vous voir;

Nous avons de Thetis bravé la violence,

   Et de l'Egypte juſqu'en France

Tous deux n'avons vécu que de ce ſeul eſpoir.

  ✳ Les Cameleons n'ont point mangé depuis qu'ils ſont partis d'Egypte.

Mais nous n'avons plus rien à craindre,
Nous possedons enfin ce Bonheur plein d'appas;
La rigueur mesme du Trépas
Ne sauroit desormais nous forcer à nous plaindre :
Malgré son effort inhumain
Nous attendons de vostre Main
L'Immortalité qu'elle donne;
Ce Cœur si genereux, & si tendre, & si bon
Qui fit pleurer par tout la mort d'une Pigeonne *
En peut bien faire autant pour un Cameleon.

Ouy, si la Mort trop promte, ou si le Sort contraire
Aux pieds du Grand L o v i s nous défend d'arriver,
Au moins par vos accens si dignes de luy plaire
Nos noms jusques à luy se pourront élever;
Il saura par nostre avanture
Qu'aux quatre coins du Monde, en toute la Nature
Tout est remply pour luy de respect & d'amour,
Et loüera cet instinct qui nous a fait connoistre
Qu'il merite d'estre le Maistre
De tout ce qu'éclaire le Jour.

* La Pigeonne de Mademoiselle de Scudery celebre par diverses Poësies qu'on fit sur sa mort, entre lesquelles il y en a une qui a pour titre ; Placet de la Pigeonne morte au Roy.

SUR
LA PRISE
DE
MASTRIC
ODE.

Presentée à sa Majesté au Camp de Viset,
quelques jours aprés la reddition de Mastric.

MUSES, vous le savez, le zele qui me presse
    A montré ses ardens transports ;
J'ay pour le grand LOUIS surmonté ma foiblesse,
    Et tenté de nobles efforts.
Mais qui pourra chanter sa derniere Victoire ?
En parler bassement, c'est la luy dérober :
Et luy-mesme aujourd'huy, sous le poids de sa Gloire,
Comme ses Ennemis, il nous fait succomber.

E iij

Ouy, Prince, tes Grandeurs, tes Vertus plus qu'humaines,
  Dont l'éclat fait tant de Jaloux,
Tes Travaux infinis, tes glorieuses Peines,
  Te coûtent beaucoup moins, qu'à nous.
Nous sentons plus que toy les Soins que tu te donnes,
Quand nostre foible voix ose les raconter :
Et nous travaillons plus à faire tes Couronnes,
Que toy pour les cueillir, & pour les meriter.

Peuples, vous le voyez, la Fortune enchaînée
  Est toûjours soûmise à ses Loix,
Vigilance, & Bonheur, Sagesse, & Destinée,
  Conspirent à ses grands Exploits.
Il forme ses Desseins avec tant de Prudence,
Qu'on diroit que sa main n'y prendra point de part ;
Sa main les execute avec tant de Vaillance,
Qu'il semble que son Cœur commet tout au Hazard.

Comme un illuſtre Athlete à qui l'Art le plus juſte
    Apprend à conduire ſes coups,
S'il trouve un Ennemy, brave, ferme, robuſte,
    Ajoûte l'adreſſe au courroux.
Il luy trompe les yeux d'une ſavante feinte,
En cent endroits divers ſemble le meſurer,
Et luy portant enfin une terrible atteinte,
Le preſſe, le renverſe, & le fait expirer.

Avec un Art pareil, ce Monarque invincible
    Conduit ſes Progrés fortunez
Contre des Ennemis qu'un orgueil inflexible
    Rend chaque jour plus obſtinez.
Troublez & confondus par ſa Marche douteuſe,
Ils obſervent en vain ce ſage Conquerant,
Qui pouſſant vers Mastric ſa Courſe impetueuſe
L'approche, l'environne, & l'attaque, & le prend.

Rien ne le garantit : ny les vaſtes Ouvrages,
Qui le couvrent de toutes parts ;
Ny les fiers Défenſeurs, ny les brûlans Orages,
Dont il étonne les regards ;
Ny des Feux enfermez l'effroyable Tonnerre,
Dont l'effet impréveu devoit glacer les Cœurs,
Et nous ouvrant par tout le centre de la Terre,
Sur ſes Murs abattus abattre ſes Vainqueurs.

La Terre a beau trembler ; nul François ne recule.
Au milieu des Gouffres ouverts,
Dans les Feux dévorans un plus beau Feu les brûle,
Qui brave ces Perils divers.
La Mort armée en vain de tant d'affreux Spectacles
Ne ſert que de matiere à leurs Faits inoüis ;
Ils ne connoiſſent plus de Dangers, ny d'Obſtacles :
Ils regardent la Gloire, & ſont veus de L o u i s.

Peuvent-

Peuvent-ils faire moins quand ce Heros les guide,
        Et quels hazards vont-ils braver,
Que cette Ame indomtable, & ce Cœur intrepide
        Avec eux ne veüille éprouver ?
De l'Airain embrazé la funeste tempeste
En tombant à ses pieds vient menacer son Sort ;
Et le Plomb enflammé qui gronde sur sa teste,
Va porter plus avant la Terreur & la Mort.

Ah ! Prince, où te conduit l'Ardeur trop magnanime,
        Que tu ne saurois moderer ?
Que devient la Sagesse & profonde, & sublime,
        Que tu nous faisois admirer ?
Qu'à tes autres Vertus ta Valeur est contraire !
Qu'à tes propres Sujets elle cause d'effroy !
Mars est un Dieu changeant, envieux & colere.
Tout l'Univers te craint, & nous tremblons pour Toy !
                                        F

Ne fatigue plus tant le Ciel qui te feconde,
  Et s'attache à te contenter.
C'eft affez : & M A S T R I C vient d'inftruire le Monde,
  Que rien ne te peut refifter.
Epargne à noftre Amour de plus longues Alarmes :
De ton Trône élevé donne par tout la Loy :
Et rendant à la F R A N C E un Repos plein de charmes,
Laiffe luy poffeder, & fa Gloire, & fon Roy.

Déja de tes Explois ton cher D A V P H I N foûpire,
  Et refufe de t'aplaudir.
Penfes-tu qu'avec joye il regarde un Empire
  Qu'il ne pourra plus agrandir ?
Souffre qu'il trouve un jour à forcer des Murailles,
Qu'il partage avec toy les Refpects des Humains,
Et s'exerçant en l'Art de gagner des Batailles,
Que tes derniers Lauriers foient cueillis par fes Mains.

R E G I

OB TRAJECTUM EXPVGNATUM

O D E

EX GALLICO N. N.

Traduction de l'Ode precedente par le R. P. Perigaud
de la Compagnie de J e s u s, Professeur en
Theologie à Poitiers.

A R D O R *inextinctus quo me succenderit æstu*
Vos pridem nostis Musæ, & meminisse potestis,
Vt dignum Cœlo Heroëm mea carmina ad astra
Eveherent, majora meis sum viribus ausus :
    At quis postremas lauros, victriciaque arma
Eximius possit vates æquare canendo ?
Vox humilis minuit decus ingens ; & simul hostes
Præconesque suos meriti Rex mole fatigat.

Sic est, virtutum, Princeps, decora alta tuarum,
Quæ tot perstringunt oculos, seriesque laborum
Immensa, & Divûm splendori gloria suppar,
Parta tibi impensâ facili, studia omnia vatum
Sollicitant; curæque tuæ nos amplius urunt,
Quam Te, Magne Heros, tenui dum promere cantu
Grandia molimur; minus & vincendo laboras,
Quam qui victori lauros & carmen adornat.

Et vobis notum, Populi, ut fortuna subacta
Imperio subsit LODOICI, utque inclyta virtus,
Sors felix, animus vigil, & prudentia solers
Consilia Heroïs regat atque incepta secundet.
Hunc animo dicas solum pugnare sagaci
Nil tentare manu, tanta est solertia mentis;
Sic idem ferrum tractat, Martemque lacessit
Vt totum dubiæ credas committere sorti.

Qualis ubi Pugil insigni memorabilis arte
Atque usu, si fors generosum incurrat in hostem,
Robustumque acremque, nova ut se laude coronet,
Iræ artem jungens, simul irâ perstat & astu.
Ictibus hic fictis oculos deludit, & omnes
Pertentans aditus, infesta hinc inde premit vi,
Dum tandem immani transfigens vulnere pectus,
Vrget atrox, sternitque virum, mittitque sub umbras.

Haud secus invictus cœptis felicibus Heros
Insistens hostes contra tumidosque ferocesque,
Inque dies magis inflexos, molimine tendit
Multiplici, infidos justo disperdere bello.

Turbati incessu ancipiti, vestigia tanti
Victoris frustra observant; subito impete namque
Trajectum invadens, vallo circum undique cingit,
Et premit, expugnatque citi mox fulminis instar.

Magnanimum contra Regem, cui militat Æther
Nil urbem tutam præstat; non aggere moles,
Elatæ insano, non fœti sulphure nimbi
Flammivomo, fretusve animis, & robore miles;
Nil ignis tonitru horrificum, fornace latenti
Quod subito erumpens fremitu, & terrore sequaci,
Sub pedibusque solum reserans, cocytiaque antra,
Victores sternit victa sub mœnibus vrbis.

Nequicquam succussa tremit, vastumque dehiscens
Terra baratrum aperit; manet imperterritus omnis
Francigena, immotusque loco, dum flamma medullis
Nobilior gliscit, contemptrix flamma pericli.

Tot frustra intentat sævi spectacula Martis
Mors armata, minax; hinc laudis copia crescit,
Non metus; hos deinceps vix vlla pericula terrent,
Gloria quos animat, LODOIX spectator advrget.

Sub tanti quidnam Herois felicibus vsque
Auspiciis metuant, vel quæ discrimina tentent,
Quæ non ipse prior; famæ immortalis amore,
Rex adeat corde impavido, & victricibus ausis?

Ignito ære tonans tempestas effera Regis
En ruit ante pedes, crepitatque sonore minaci;
Quæque sacrum supra caput insonat ignea plumbi
Grando furens, ultra terrorem ac funera portat.

Quo rapit heu! LODOIX; Quo te Mavortius ardor
Sic fræni impatiens? vbi nunc sapientia tantis
Quæ digna imperiis, sublimem æquabat olympo
Francigenum Heroa, & totus quam suspicit orbis?

Vsque adeone altis virtutibus inclyta bello
Vis animi adversa, ingenti formidine cives
Concutit? infido nam quæ fiducia Marti?
Orbis te metuit; pro te dum Gallia pallet.

Propitii donis ah parcius utere cœli,
Addictique tuis votis ; sat, Maxime victor,
Bellatum ; sors & Trajecti prædicat orbi
Te contra nil firmum, & inexpugnabile niti.

Longos siste metus tandem & suspiria amoris
Solliciti ; justis pacatum legibus orbem
E solio moderare alto ; da pace beata
Gallia, & augusto secura ut Rege fruatur.

Dilectus, viden', ut DELPHIN *suspirat, & orsis*
Grandibus invitus plaudit ? Quî lumine sicco,
Lætusve adspiciat generosa mentis Alumnus
Imperium, cujus nequeat producere fines ?

Augustum puerum consortem admitte triumphi,
Et cultus populorum, urbesque arcesque relinquens,
Quas capere, atque artem vincendi ediscere possit,
Gaudeat & Patris lauros carpsisse supremas.

ODE

ODE

QVI A REMPORTE

LE PRIX DE POESIE

PAR LE JUGEMENT

DE L'ACADEMIE FRANCOISE,

en l'année M. DC. LXXIII.

Sur l'honneur que le Roy a fait à l'Academie Françoise,
en acceptant la qualité de son Protecteur
& la logeant au Louvre.

UN E nouvelle Joye, une Gloire nouvelle;
  Doctes Sœurs, vous engage à de nouveaux Efforts;
    Hauffez voftre voix immortelle,
Faites tout retentir de vos divins accords.
Des Siecles precedens oubliez les Exemples :
Si vous avez receu de l'Encens & des Temples
De ces fameux Heros par vos mains couronnez,
Le plus parfait des Rois à son tour vous couronne :
Et l'Afyle éclatant que sa bonté vous donne,
Vaut mieux que les Autels qu'ils vous avoient donnez.

G

On fait, Mufes, on fait voftre premiere Hiftoire,
Et que de l'Orient les Sages fi vantez,
Ouvrant le chemin de la Gloire,
Montrerent aux mortels vos naiffantes beautez.
On fait qu'aux doux Climats de la favante Grece,
De la cime du Pinde, & des bords du Permeffe,
Vos attraits adorez regnoient de toutes parts :
On fait qu'aux plus beaux jours de Rome triomphante,
Augufte vous tendit une main careffante,
Et vous fit trouver place au Trône des Cefars.

Mais regardez la France en merveilles feconde,
Si riche des tributs de la Terre & des Mers,
Paris qui comme un autre Monde
Rénferme dans fes murs mille Peuples divers.
Admirez ce Palais, contemplez ces Rivages,
Où l'Univers charmé vient rendre fes hommages
Au fuprême pouvoir d'un Roy victorieux :
Et parmy tant d'éclat & de magnificence,
Avoüez qu'au Ciel mefme, où vous priftes naiffance,
Auprés de Jupiter vous ne feriez pas mieux.

Ne craignez plus du Sort la haine conjurée,
Icy vos bons Deſtins pour jamais établis
    Auront l’eternelle durée,
Que le Ciel a promiſe à l’Empire des Lis.
On ne vous verra plus tremblantes, allarmées,
Au fier débordement des barbares Armées
De vos Lyres à peine emporter le débris,
Du Vandale & du Scite éprouver les outrages,
Et dans l’embraſement de vos plus chers Ouvrages,
Au lieu de vos concerts, fraper l’air de vos cris.

Dans ce brillant Palais, loin de toutes Allarmes,
Sous la protection du plus puiſſant des Rois,
    Vous n’entendrez le bruit des Armes,
Que pour vous exciter à chanter ſes Exploits.
Vous ſerez chaque jour heureuſement ſurpriſes
Au Spectacle pompeux des Provinces conquiſes,
Des Tyrans ſurmontez, des Barbares défaits :
Et ſa Valeur enfin calmant toute la terre,
Les Peuples apprendront qu’il ne cherchoit la Guerre
Que pour leur acquerir une eternelle Paix.

G ij

Une tranquille Paix, douce & délicieuse,
Où, Bellonne oubliant l'usage de ses dards,
L'Ame la plus ambitieuse
Combattra seulement pour le prix des beaux Arts.
L'Amour seul aura droit de faire des Conquestes,
Tous les Jours des humains seront autant de Festes,
Les Astres indulgens suivront tous nos desirs,
Vos celestes Concerts charmeront tous les Aages,
Et vous inspirerez aux Cœurs les plus sauvages
La Joye & les Vertus, la Gloire & les Plaisirs.

Vous verrez triompher la savante Assemblée,
Qui soûtient de vos Loix l'auguste Majesté,
Et qui de vos Tresors comblée,
S'éleve sur vos pas, A L'IMMORTALITE'.
Sous ces Lambris dorez, au milieu des Trophées
Vous entendrez pousser à ces nouveaux Orphées
Des Airs que vous pourriez vous-mesmes avoüer.
Si jamais les François n'eurent un si grand Maistre,
Leurs Climats fortunez n'avoient jamais veu naistre
Des Sujets mieux instruits en l'Art de bien loüer.

Redoublez leur Ardeur, fecondez leur Envie
En faveur du Heros meſlez vos Chants aux leurs :
Chaque inſtant de ſa belle Vie
Fait éclore pour vous une moiſſon de Fleurs.
Voyez-le maintenir les Loix renouvellées,
Accabler de bienfaits les Vertus rappellées,
Sur lesMonts applanis faire joindre les Mers,
Redonner l'Abondance aux Campagnes ſteriles,
Changer d'affreux Sablons en de ſuperbes Villes,
Er rouler à ſon gré le Sort de l'Univers.

Voyez de ſa Valeur les incroyables preuves,
Et par tout obeïr à ſes Commandemens,
Les Hommes, les Ramparts, les Fleuves,
La rigueur des Saiſons, l'orgueil des Elemens.
Au genereux DAVPHIN étalez cette Image,
Mais reglez les tranſports de ſon jeune Courage :
Les Triomphes du Pere empeſchent ceux du Fils.
Enſeignez-luy du Roy la Sageſſe profonde ;
Qu'il ſache ſeulement l'Art de regir le Monde,
Il n'aura rien à vaincre, & tout ſera ſoûmis.

G iij

Mais dans le doux Repos qui vous rend ſi charmantes,

Au ſommet du Bonheur où vous allez monter,

Quels Hymnes, ô Vierges ſavantes,

Envers le Grand L o u i s pourront vous acquitter ?

Tous vos Arcs triomphaux, tous vos Chants de victoire,

Tous vos Soins vigilans à tracer ſon Hiſtoire,

De ſes rares faveurs ſont un ſurcroit nouveau ;

Puis que par ſes Hauts faits fidellement guidées

Vous allez ſurpaſſer vos plus grandes idées,

Et tout ce que voſtre Art eut jamais de plus beau.

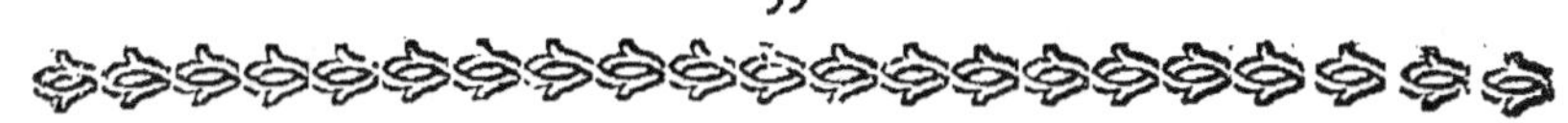

PRIERE
POUR LE ROY.

GRAND Dieu, ſi propice à la France,
Qui nous donnant un Roy l'honneur des Souverains,
As verſé dans ſon ame, & mis entre ſes mains,
    Et ta Sageſſe, & ta Puiſſance :
Dans ce comble de Gloire où tu ſceus l'élever,
T'importuner de vœux ce ſeroit te déplaire,
Et pour nous, & pour luy tu n'as plus rien à faire,
    Grand Dieu, que de le conſerver.

Audite qui longè eſtis,
quæ fecerim. Iſa. 33. 13.

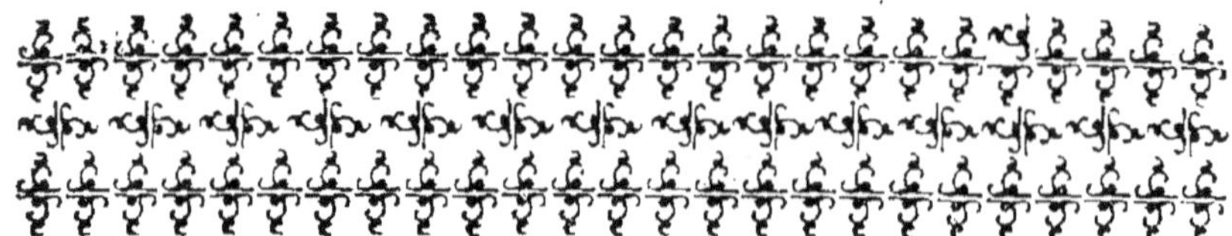

LE VOYAGE
D'ALSACE.
A MONSEIGNEUR
LE DAUPHIN.

JEune & charmant DAUPHIN, qui d'un Efprit facile
Retenez ces beaux Vers que refpectent les Ans,
 Et contez Homere & Virgile
 Au nombre de vos Courtifans :
Si ces dignes Amans des filles de Memoire
De voftre augufte Pere avoient tracé l'Hiftoire,
Que de hautes Vertus vous verriez éclater !
Sans rien chercher ailleurs, ils vous feroient entendre
 Tout ce qu'un Heros peut apprendre,
 Et tout ce qu'il doit imiter.

Mais

Mais de former pour vous cette Jmage éclatante,
C'eſt-là de MONTAVSIER le ſoin laborieux,
Luy qu'ont toûjours couvert de Lauriers glorieux
Et Minerve guerriere & Minerve ſavante.
Ma Muſe qu'un beau zele anime tant de fois
A chanter de LOUIS les triomphans Exploits,
Confeſſe avec douleur qu'elle n'y peut atteindre;
Et me dit que pour moy c'eſt encor trop oſer,
PRINCE, ſi j'entreprens icy de le dépeindre
Tel qu'il eſt quand ſon bras ſemble ſe repoſer.

Toûjours grand, toûjours bon, ſa Clemence propice
De l'Univers tremblant écoute les ſouhaits :
A des Peuples ingrats elle offre encor la Paix
  Et veut deſarmer ſa Juſtice.
Mais l'Eſpagne flotante, & l'Empire jaloux
Au malheureux Batave oſtent un Bien ſi doux;
De ſon Orgueil mourant font revivre le reſte,
Et d'un foible ſecours, qui ne peut le ſauver,
Vont rendre ſeulement ſa cheute plus funeſte
  Par l'eſpoir de le relever.

H

Si ce juſte Vainqueur ne peut quitter les Armes,
Il retient des Combats l'inhumaine fureur.
Il chaſſe loin de nous le Trouble & la Terreur,
Et nous laiſſe oublier & le ſang & les larmes.
Les Graces & Bellonne ont un meſme ſejour :
La plus belle moitié de ſon heurēuſe Cour
Change des Jours de marche en agreables Feſtes :
Dans la pompeuſe route, où brillent tant d'Appas,
On ne ſait quel des Dieux doit regner ſur ſes pas ;
Et ſi Mars, ou l'Amour va faire des Conqueſtes.

L'Abondance le ſuit. Mille & mille Bienfaits
Laiſſent de ſon paſſage un ſouvenir durable :
Du Pactole aux flots d'or les fabuleux effets
Sont de ſes riches Dons l'Image veritable.
Les Monts les plus affreux, s'il veut les traverſer,
        Tantoſt paroiſſent s'abaiſſer
        D'une crainte reſpectueuſe ;
Et tantoſt cöuronnez de verdure & de fleurs
        Ne hauſſer leur Teſte orgueilleuſe
Qne pour mettre la ſienne à l'abry des Chaleurs.

Tel quë l'ont veu Chambort & les Nymphes de Loire
Dans les Vallons rians sous les Ombrages frais
    Poursuivre une douce Victoire
    Contre les hostes des Forests.
Tel ce Roy fortuné, dans les champs de l'Alsace,
Comme s'il conduisoit une galante Chasse,
Range un Peuple farouche à ses augustes Loix;
Et son nom luy rendant tous ses Projets faciles,
Il trouve moins de peine à desarmer dix Villes,
    Qu'à reduire un Cerf aux abois.

    Quelle diversité de glorieux Prodiges!
Nancy de qui la cheute effrayoit les regards
Void sortir tout d'un coup de superbes Ramparts
    De ses déplorables Vestiges.
Non loin de là Colmar void ses Murs renversez :
Ses doubles Boulevars dans les Airs élancez
Font tomber avec eux son aveugle Arrogance.
Apprenez Univers, & Siecles à venir,
Que Louis feut toûjours d'une égale puissance
Abattre, & relever, proteger, & punir.

Vous, Davphin, si toûjours son Absence vous fâche,

Si vous dites encor qu'il doit se ménager,

Et qu'il s'oublie enfin de chercher sans relâche

Ou le Travail, ou le Danger.

Nous loüons la Douleur dont vostre Ame est saisie :

Mais ne déguisez point un peu de Jalousie

Qui redouble en secret ce genereux Ennuy.

Vous condamnez l'excés de sa Vertu suprême ;

Et lors que vous serez le Maistre de Vous-mesme,

Vous vous oublierez comme luy.

Extrait du Privilege du Roy.

PAR lettres patentes données à S. Germain en Laye le 20. Decembre 1673. signées D E S V I E V X; Il est permis au sieur Claude Charles Genest de faire imprimer, vendre & debiter par tel Imprimeur ou Libraire que bon luy semblera, plusieurs Pieces de Poësie, pendant le temps & espace de dix années consecutives. Défenses à tous Libraires, Imprimeurs & autres d'imprimer, faire imprimer, vendre & distribuer lesdites Pieces de Poësie sans le consentement dudit exposant, ou de ceux qui auront droit de luy; sur peine de confiscation des exemplaires contrefaits, d'amende, & de tous dépens, dommages & interests, comme il est plus au long porté par lesdites lettres.

Regiſtré ſur le livre de la Communauté des Libraires & Imprimeurs de Paris le 12. Mars 1674. Signé, THIERRY.

Et ledit Sieur Geneſt a cedé le preſent Privilege à Pierre le Petit, Imprimeur & Libraire ordinaire du Roy. A Paris le 12. Mars 1674.